KB183089

달
을

지
고

가
는

사
람

달을 지고 가는 사람

2024년 10월 30일 초판 1쇄 인쇄
2024년 11월 8일 초판 1쇄 발행

지은이 | 박해경
펴낸이 | 孫貞順

펴낸곳 | 도서출판 작가
　　　　(03756) 서울 서대문구 북아현로6길 50
　　　　전화 | 02)365-8111~2　팩스 | 02)365-8110
　　　　이메일 | cultura@cultura.co.kr
　　　　홈페이지 | www.cultura.co.kr
　　　　등록번호 | 제13-630호(2000. 2. 9.)

편집 | 손희 양진호 설재원
디자인 | 오경은 이동홍
마케팅 | 박영민
관리 | 이용승

ISBN 979-11-94366-07-2 03810

값 15,000원

한국디카시 대표시선

21

박해경 디카시집

달을 지고 가는 사람

작가

■ 시인의 말

『달을 지고 가는 사람』이라는 집을 지어 한 가족이
된 자연과 사물에 고맙다고 말하고 싶습니다.
저에게 『달을 지고 가는 사람』은 살면서 꼭 받아들여
야 하는 아픔을 좀 더 무디게 받아들일 수 있도록 해
주는 완충제였습니다.

『달을 지고 가는 사람』을 발간할 수 있도록 도와주신
소중한 분들께 감사드립니다.

2024년 가을
박해경

제2부 달을 지고 가는 사람

제4부 흰 뼈가 동강 나다

제1부
잎사귀 경첩

신춘문예

채우지 못한 한 줄 여백에

여명을 건져 올려

새해 첫날 어느 신문에

내 이름을 걸어두고 싶다

부창부수

먹고 사는 일이라면

똥도

함께 끌고 간다

해고

마음껏 쉬세요

그 말이

자르겠다는 거였어

바쁜 조문

눈앞이 침침하다

물기를 머금은 희뿌연 구름이
앞서 달린다

누군가
울고 있는가보다

진심

미안

미안 두 번 했더니

장난하느냐고 물었다

아닌데

거듭 사과한 건데

선인장

가시만 보여주더니

꽃도 보여준다

많은 가시 속에

상처 하나 없는 꽃잎

선인장 엄마가 되었다

열꽃

여름날 아버지 등에 업혀

병원으로 달려가게 했던

열꽃

집으로 돌아와 보니

모두 수그러들었다

팔랑귀

바람이

조금만 속삭여도

흔들린다

잎사귀 경첩

둘 사이

흔들리지 않도록

멀어지지 않도록

제가 꼬옥

붙잡고 있는 거 아시죠

꿈과 현실

먹고살기 바빠 사랑도

포기한 왕자님

기다리다 지쳐

고개 떨군 공주님

결혼은 물거품

타인의 봄

정녕

나의 봄은

언제쯤 오는 것일까

즐기지 못하는

봄을 청소하는 사람들

붉은 입술

그대가

보내 준 편지

긴 사연 끝에

찍어놓은

입술 우표

배꼽

탯줄 자를 때마다

매번 떨렸다는 할머니

감꽃 떨어지는 계절이면

가만히 더듬어 본다

잘 있는지

눈으로만 가는 길

창문으로 보이는
저 먼 길을
하루에도 수십 번
그리운 사람들을
떨치고 돌아온다

좋을 때는 몰라요

시련이 닥치면

차갑게 돌아서서

본성이 드러난다

제2부

달을 지고 가는 사람

허공

엄마

아부지

크게 불러 봐도

대답이 없다

쓸쓸하게 돌아섰다

취하다

엄마가 보지 못한 봄

내 인생 마지막

봄인 것처럼

눈물 쏙 빠지게 휘청거린다

울산 큰애기

어릴 때 뛰어놀던
태화강 국가정원

이제는 먹고 살기 위한
나의 일터

요리사

기다려 주세요

싱싱한 바람을 조리해서

맛있는 전기 만들어 드릴게요

안식처

꼬인 내 소가지

가장 빨리 풀리는 곳

나무 자서전

오래될수록
글자체는 선명하고 두껍다

끝내 동강 나는 아픔이 있어야
읽을 수 있는
나무가 발간한 책

소금밥

나에게 주문을 걸었당께
내 자식 밥이 되고 꿈이 되었은께
허벌나게 달다 달다 했당께
짠맛에 오장육부가 쓰라려도
요것은 달다 달다 했당께

또 하나의 나

나도 모르게

커졌다

작아졌다

마음대로 되지 않는

내 심보

연필심

별처럼 쓰고 싶은 이야기들

막상 연필을 들고 보면

감은 떨어지고

하얗게 질린다

달을 지고 가는 사람

할머니는 등이 굽은 삼촌을 위해
둥근 달만 보면 소원을 빌었다
하지만 삼촌은
달을 등에 지고 할머니보다 먼저
소나무가 우거진 땅 밑으로 떠났다

명예퇴직

이제는

모든 걸 내려놓고

고향으로 돌아가고 싶다

교실

감추고 있는 것이 많아
터지는 게 두려워서

입을 다물고
엮이지 않으려는 친구들

자궁

어머니 품속 어딘가에서
열 달을 자리 잡고 살았다

정해진 시간
나를 훅 떠나보내고
외로운 섬이 되었다

동아리

어디서 어떻게 살았던

상관 말고

한식구가 되었으니

서로 비벼가며 맛나게 삽시다

민얼굴

가난해서 늘 비어 있었지만

존재만으로도

할머니의 자존심이었다

제3부

기억상실증

밤의 흉터

곧 사라질 거라는 흉터가 매번 가려워

밤마다 긁고 헤집어 붉게 커진다

답이 정해진 기다림에 깜짝 놀라

돌이켜 보았을 때 상처가

이미 커다랗게 돋아나 있다

첨삭되지 않는 문장

얽히고설킨

긴 문장 끝에 달아 놓은

느낌표

달고 물컹하게

뜨거운 머릿속

설익어 싱겁고 떨떠름한

내 디카시

볶고 볶다 보면

꼬신내 나겠지

깊은 맛 나겠지

나무의 손

뭉텅한 손마디만 남았다

가죽은 낡아 사라지고

살점은 부서지고

이제는 흙 밑으로

손을 넣어야 할 시간이 다가왔다

거짓말

가끔 내 속에 숨어 있는

거짓말을 꺼내어 들여다본다

"괜찮다"

도저히 정리될 수 없는 거짓말

또 지랄 맞다

속울음

어머니 떠나고 무덤덤했던 아버지

그리움

썰물처럼 빠져나간 자리에

많은 슬픔

혼자 감추고 있었다

신생아

젖을 빠는 보드라운

저 입술이

가족을 일으켜 세웁니다

아버지 발자국

일을 끝내고 막걸리 한잔 걸쳐

집으로 돌아오는 아버지

등짐으로 구부정한 허리

힘들고 무거운 공룡 발걸음

자화상

공처럼 살라는

부모님 말씀 어기고

쓸개만 한 자존심 세우기 위해

세상 곰처럼 사는 나

사춘기

어떤 느낌일까 궁금해

옆눈으로 흘깃 쳐다보면

늘 크기가 다른

우리 누나 브라자

부부

뜨겁고

차가워도

우리는 매일 젖어듭니다

평생을 이렇게 껴안았습니다

욕망

빛에 갇혀 더 이상 그리움을

생산할 수 없는

늙어버린 나무 새

기억상실증

무엇을 해야 할지

기억나지 않아

넋 놓고 있습니다

혹시

봄이 왔습니까?

떠나가는 엄마

망각의 강을 건너가실

어머니를

영안실 벽면에서 기다리는

조용한 물고기들

재개발구역

큰 건물 하나가
우리 집으로 들어오던
햇빛을 잘라 먹는다
떠나지 않으면 벗어날 수 없는
어둠이 마음마저 파고든다

제4부

흰 뼈가 동강 나다

풀무덤

서 있던 풀들이
목이 베이고서야
비린내로 쓰러진다

죽음을 목전에 두고
발정을 시작했다

촛농

이번 생애

뜨겁게 타오르다

사그라진

양초 한 자루

아버지처럼

꿈

실패에서 실패로

엉켜버린 인생

명줄 길다는 핑계로

어느 낯선 인연에 매듭으로

또 한 번 쓰였으면 좋겠네

신혼생활

살 맞대고 살 수 있는

당신만 있으면 어디든 좋았지요

얽히고설키며 내 인생

최고의 봄

섬진강 재첩

떠나지 못하는 사람들을 위해

그리워 돌아오는 사람들을 위해

매일 산고를 느끼며

젖 물림 하는 섬진강 어머니

내 나이 계란 한 판일 때

흐트러지지 않게 반듯했고
날아오를 꿈도 가지고
간혹,
오지랖 떨어 산통 깨질까
매사 조심하며 살았다

혀

설익은 말이 독이 될까 봐

참고 참았다

가을이 되자

와르르 쏟아내는 나무의 말

자존심

밥 앞에는

너나 할 것 없이 구겨집니다

아닌 척하려다 죽습니다

따뜻한 국화

가을이 다가오자
시들했던 국화들이
살아나고 있다

쌀쌀해진 골목길이
데워지고 있다

흰 뼈가 동강 나다

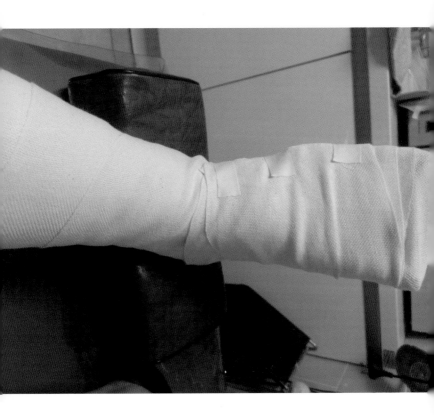

절뚝거림이 가지 않던
방향으로 기울어지고
단맛에 익숙했던
목울대가 쓴맛을 삼킨다
공룡 발이 되었다

고향

해 질 무렵 강둑에 서서
나를 기다리시던
아버지, 어머니

이제는 볼 수 없어
눈시울 붉게 젖습니다

바람 부는 날

기필코

벗어나리라

발버둥 쳐보지만

더 꼬여가는 하루

花無十日紅

오늘 밤
빨갛게 지새웠다

비가 온다는 내일은
그대 만나지도 못하고
떠날 수 있어

옹기사랑

남들은 사랑도

보란 듯이 하는데

내 사랑은 지랄맞아

만나면 깨진다

인생이 그렇다

노는 물이 달랐다고

잘난 척해도

간 쓸개 빼고 나면

초라한 건 마찬가지다

작은 이야기들의 큰 울림

— 박해경 디카시집 『달을 지고 가는 사람』 읽기

오민석(문학평론가·단국대 명예교수)

I.

박해경 시인의 디카시들은 대부분 일상에서 나온다. 그것들은 관념의 외피를 입지 않는다. 그녀는 스마트폰(디카)으로 일상을 찍고 그것에 문자 기호를 융합하는 디카시의 문법을 매우 잘 알고 있다. 그녀의 사진도 그녀의 문자도 스펙터클spectacle이나 큰 이야기grand narrative를 흉내 내지 않는다. 그러나 그녀의 평범하기 짝이 없는 사진과 이야기가 합쳐질 때, 그것들은 서로 화학반응을 일으키며 일상의 저변에 있는 크고 깊은 의미를 건드린다. 생각해 보라. 제아무리 큰 이야기도 먼 행성 아니라 지상의 일상에서 벌어진다. 중요한 것은, 표현이다. 미적 표현의 형식을 얻지 못할 때, 모든 일상은 클리셰가 되어 사라진다. 반대로, 미적 표현의 옷을 입을 때, 무의미한 일상이란 없다. 영국 낭만주의 시인인 윌리엄 블레이크W. Blake는 "모래 한 알 속에서 세계를 보고/ 한 떨기 들꽃 속에서 천국을 보며/ 당신의 손바닥 에서 무한을 쥐고/ 짧은 시간에서 영원을 본다."(「순수의 전조 Auguries of Innocence」)고 하였다. 블레이크의 말은 과장이 아니다. 세계이든, 천국이든, 무한이든, 영원이든, 인간의 그 모든 것들 은 결국 '세계-내-존재'이고 세계란 결국 일상이다. 일상이야 말로 예술의 보고이며 비밀의 저장소이다. 일상을 허투루 여기 는 자는 몽상가일지언정 예술가일 수 없다. 시인은 "주인집 대 문 앞에서 굶어 죽은 개"에서 "국가의 몰락"을 예견한다(블레이 크, 앞의 시). 일상은 세계와 무한과 영원과 천국의 객관 상관물이 다. 박해경 시인은 일상이 의미의 충만한 바다임을 잘 안다. 그 는 사진 기호와 문자 기호의 촉수로 일상을 포착하고 일상에 녹아 있는 삶의 비밀과 역사를 읽어낸다. 그가 평범한 일상에 디카시라는 미적 형식을 입힐 때, 죽은 일상이 다시 태어나고 평범한 대상이 낯설어진다.

가난해서 늘 비어 있었지만
존재만으로도
할머니의 자존심이었다

―「민얼굴」

옹기 함지박은 지금은 골동품이 되어 버렸지만, 오래전엔 일상의 가장 흔한 사물들 중 하나였다. 할머니가 사용하던 그것이 "가난해서 늘 비어 있었다"는 구절은 그것만으로도 할머니의 고단했던 삶 전체를 압축한다. 이 간단한 문장 뒤에 얼마나 많은 이야기들이 생략되어 있나. 함지박은 할머니의 얼굴처럼 아무런 장식도 꾸밈도 없다. 그래서인지 시인은 함지박을 "민얼굴"이라 은유한다. 함지박을 가득 메웠던 음식물이 하나둘 동이 날 때마다 할머니의 마음 밭도 가을 들판처럼 썰렁해졌을 것이다. 함지박을 거쳐 갔던 음식들은 그 자체 하나의 계보가되어서 한 집안과 지역과 민족의 먹거리 문화사를 이루었을 것이다. 할머니가 늙고 문화도 변하여 함지박이 쓸모가 없어진 다음에도 함지박엔 할머니의 헌신과 노고와 불안과 행복의 생애가 고스란히 닮긴 채 사라지지 않았을 것이다. 그래서 할머니는또한 함지박의 "존재만으로도" 가난하고 험한 세상을 잘 견뎌온 것에 대하여 "자존심"을 잃지 않았을 것이다. 오랜 세월에 걸쳐 이젠 할머니와 거의 하나가 되어 버린 함지박을 후손들도함부로 버릴 수 없었을 것이다. 두 개의 함지박 뒤편엔 쌀뒤주로 보이는 옹기도 있고, 대나무 바구니들과 곡식의 쭉정이나 티끌을 골라내던 키도 걸려있다. 한눈에 보아도 매우 오랜 역사를가진 물건들이다. 이렇듯 디카시의 사진 기호엔 문자 기호로 채설명을 하지 않은 뒷담화가 많이 남아 있다. 디카시를 읽을 땐이렇게 생략되거나 침묵하고 있는 무수한 이야기까지 잉걸불을 뒤집듯 자꾸 끄집어내 읽으면 좋다.

엄마
아부지
크게 불러 봐도
대답이 없다
쓸쓸하게 돌아섰다

一「허공」

아파트와 연립주택, 개인주택, 상가, 공공건물 등이 다닥다닥 붙어 있는 산동네 사진은 "엄마/ 아부지"가 살았던 '복잡다단'했던 생애를 반추하기에 매우 적절한 풍경이다. 사진으로만 봐도 얼마나 많은 사람의 얼마나 다양한 삶이 저 산동네에 거미줄처럼 얽혀 있을지 능히 상상이 가고도 남는다. 저기 어딘가에서 누군가는 지금 홀로 울고 있을 것이고, 누군가는 작은 성취에 환호하고 있을 것이며, 누군가는 분노를 삭이고 있을 것이다. 저기 저 골목에서 누군가는 얼마 전 고단한 생애를 내려놓았을 것이고, 누군가는 아직도 창밖이나 담 너머로 저런 풍경을 바라보며 삶을 지속하고 있을 것이다. 디카시의 재료가 되는 사진은 이렇듯 특별한 예술성이 아니라 우리의 감각과 감성을 찌르는 다양한 푼크툼punctum을 담고 있는 것이면 좋다.

시인은 사진 안에서 무덤덤하고 평균적인 느낌의 스투디움studium이 아니라 자신만의 독특한 경험을 찌르고 자극하는 푼크툼을 읽어낸다. 가령, 박해경 시인이 이 사진에서 이제는 세상을 뜨고 없는 어머니와 아버지를 읽어낸다. 그들은 사진과 똑같은 곳이 아니었을지라도 그와 유사한 삶의 복잡한 골목들을 평생 오르내리며 시인의 머릿속에 수많은 기억을 새겨놓았을 것이다. 그러나 저런 지상의 공간에 이제 더 이상 그들은 존재하지 않는다. 시인이 아무리 "크게 불러 봐도/ 대답이 없다". 독자들은 이 문장을 읽는 순간에 사진의 건물들보다 사진의 "허공"이 더욱 크게 확대됨을 느낄 것이고, 그 확대된 허공 속에 울려 퍼지는 슬픈 메아리를 듣게 될 것이다. 어머니와 아버지는 눈앞에 보이는 저 풍경의 어디에도 없으므로 그 자체 "허공"의 존재이다. 시인은 그들의 부재와 마주하고 있다. 적어도 이 순간 그들이 부재하는 풍경은 화자에게 아무런 의미가 없다. 그래서 화자는 "쓸쓸하게 돌아섰다". 화자마저 돌아선 허공은 이제 더 큰 공허의 공간이 된다.

II.

박해경 시인은 거대서사를 동원하지 않는다. 큰 울림은 큰 이야기에만 있는 것이 아니다. 큰 이야기가 큰 울림을 얻으려면 작은 이야기들로 엮어져야 한다. 구조물만 있는 거대서사는 아무런 감흥을 주지 않는다. 박해경 시인은 처음부터 작은 이야기 petit narrative로 시작한다. 세상엔 "쓰잘데없이 고귀한 것들"(도정일 평론가)도 많다. 어찌 보면 너무나 사소해 보여서 쓰잘 데 없어 보이는 것들 안에서 고귀한 것들을 찾아내는 것이야말로 시인의 임무이다. 블레이크의 말대로 어마어마한 천국도 쓰잘 데 없어 보이는 한 떨기 들꽃의 모습으로 온다. 영원은 영원 자체로 오지 않고 짧은 순간으로 온다.

흐트러지지 않게 반듯했고
날아오를 꿈도 가지고
간혹,
오지랖 떨어 산통 깨질까
매사 조심하며 살았다

—「내 나이 계란 한 판일 때」

　"계란 한 판"은 너무나도 일상적인 사물이어서 대부분은 그
것에서 아무것도 느끼지 못한다. '낯설게 하기'의 개념으로 유
명한 쉬클로프스키V. Shklovsky는「기법으로의 예술」이라는 에세
이에서 톨스토이의 일기를 인용한다. 톨스토이는 이 일기에서
침상의 먼지를 털려다가 그것의 먼지를 앞에서 털었는지 털지
않았는지 전혀 기억하지 못하는 자신의 상태를 자각한다. 톨스
토이가 그것을 지각하지 못하는 이유는 그것이 너무나 자주 반
복되어서 '습관화'되고 '자동화'된 행위이기 때문이다. 우리의
일상은 얼마나 많은 '반복'으로 습관화, 자동화되어 있는가. 습
관화는 우리의 지각을 죽이고 감각을 죽이며, 기억을 죽이고 세
계를 죽인다. 쉬클로프스키의 말마따나 "느끼지 못하는 인생은
인생이 아니다." 아름다운 경치를 보고 아무것도 느끼지 못한
다면 그 경치는 부재하는 것과 다를 바 없다. 시인은 이렇게 너
무나 친숙해서 느끼지 못하는 것을 친숙하지 않게, 새롭게 느끼
게, 즉 낯설게 해주는 사람이다.

위 디카시에서 우리에게 너무나 친숙해서 쓰잘 데 없어 보이는 계란 한 판에서 시인은 자신의 30대를 회상한다. 돌이켜보면 그것은 계란 한 판처럼 "흐트러지지 않게 반듯했고" "날아오를 꿈도 가지고" 있었다. 이런 상상력이 자연스러운 이유는, 계란이 (결국은 날지 못하는) 새의 알이기 때문이다. 그것은 또한 작은 충격에도 쉽게 깨지는 것이기 때문에 시인은 "오지랖 떨며 산통 깨질까/ 매사 조심하며 살았다"고 회상한다. 시인이 그 흔하디 흔한 계란 한 판에서 이런 푼크툼을 읽어낸다면, 독자들 역시 저마다 다른 의미들을 읽어낼 수 있을 것이다. 디카시는 이렇게 쓰잘데 없는 것에서 고귀한 의미를 끄집어낼 수 있는 특수한 미적 형식이다.

오늘 밤
빨갛게 지새웠다

비가 온다는 내일은
그대 만나지도 못하고
떠날 수 있어

—「花無十日紅」

이 디카시집에서 매우 탁월한 성과 중의 하나인 이 작품은 사진과 문자와 제목의 절묘한 융합이 돋보인다. 사진엔 "花無十日紅"이라는 제목에 걸맞게 벚꽃이 화려하게 피어있다. 그러나 이 사진엔 문자 기호로 다 말하지 않고 있는 푼크툼들이 넘쳐나고 그것을 읽는 것은 독자들의 몫이다. 주지하다시피 디카시는 사진 기호와 문자 기호의 융합이다. 사진도 디카시의 절반을

차지하므로 문자 기호가 설명하지 않는 사진 기호의 의미망들도 함께 읽어내야 한다. 자본주의적 소비 욕망을 과시하기라도 하듯이 음식점, 주점, 노래방 등 상가 간판들의 불빛은 벚꽃을 압도할 정도로 화려하고 다양한 색깔을 뽐내고 있다. 게다가 오른편 위쪽 노래방의 이름은 "황진이 노래방"이다. 시인은 벚꽃만이 아니라 자본주의적 욕망 역시 "화무십일홍"의 운명에서 예외가 아님을 문자 기호의 설명이 없이 보여준다. 밤을 "빨갛게 지새웠다"는 표현도 매우 독특하며 '화무십일홍'의 삶을 표현하기에 적절하다. 내일은 비가 올 것이고, 비 때문인지는 모르지만, 화자는 "그대 만나지도 못하고/ 떠날 수 있다"고 경고한다. 이렇게 해서 시인은 먹고, 마시고, 만나고, 헤어지는 모든 것을 '화무십일홍'의 리스트에 모아놓는다. 꽃과 형형색색의 간판이 어우러진 사진의 풍경과, 그곳의 주로 먹고 마시고 노는 것에 집중된 상점들과, 밤을 빨갛게 지새웠으나 그대를 내일 보지 못하고 떠날 수도 있다는 메시지나, 모든 것이 흐르는 물에 떨어져 정처 없이 흘러가는 꽃잎들처럼 허망하다. 이 시는 지극히 일상적인 사진 기호와 짧은 문자 기호의 만남인 디카시가 이렇게 장편 소설처럼 긴 이야기를 담아낼 수도 있다는 사실을 적나라하게 보여준다.

할머니는 등이 굽은 삼촌을 위해
둥근 달만 보면 소원을 빌었다
하지만 삼촌은
달을 등에 지고 할머니보다 먼저
소나무가 우거진 땅 밑으로 떠났다

―「달을 지고 가는 사람」

시인은 굽은 나무와 가로등을 "등이 굽은 삼촌"과 할머니가 그것을 보며 소원을 빌던 "둥근 달"에 은유한다. 사진 기호를 보자마자 순간적으로 이런 문자–은유를 떠올릴 수 있는 것이야말로 훌륭한 디카시인의 자질이다. 박해경 시인은 어떤 사진 기호든 문자 기호로 바로 은유화할 수 있는 감수성의 소유자이다. 이질적인 재료들을 이렇게 바로 융합할 수 있는 능력을 엘리엇 T. S. Eliot은 '통합된 감수성associated sensibility'이라 불렀다. 문자시에서의 은유가 문자 기호를 (다른) 문자 기호로 은유한다면, 디카시에서 시인은 사진 기호를 문자 기호로 은유한다. 그러므로 디카시에서 감수성의 통합은 사진과 문자라는 전혀 다른 질료들 사이의 통합이라는 점에서 더욱 독특하다. 박해경 시인은 은유에만 능한 것이 아니라, 쓰잘 데 없어 보이는 것을 서사화 narrativization하는 데에도 탁월한 소질을 가지고 있다. 시인은 나무와 가로등을 삼촌과 둥근 달로 은유하는 것에 멈추지 않고 그것을 이야기로 발전시킨다. 할머니가 소원을 빌던 "달을 등에 지고 할머니보다 먼저/ 소나무가 우거진 땅 밑으로" 떠난 삼촌의 이야기는 얼마나 슬픈 가계사인가. 박해경 시인에게 '쓰잘 데 없는' 일상은 없다. 그는 모든 일상을 디카시로 만들고 그 안에서 '고귀하고도 아름다운' 의미를 생산할 줄 안다.

III.

박해경 시인이 건드리는 다양한 일상의 풍경은 서로 다른 두 개의 축 사이에 있다. 그것은 바로 생명과 죽음이라는 축이다. 사실 모든 일상은 생명과 죽음 사이의 왕복운동이며 그 안에서 일어나는 다양한 사건들 아닌가, 박해경 시인은 생명과 죽음의 풍경 역시 단정하고도 깔끔하게 그려낼 줄 안다.

눈앞이 침침하다

물기를 머금은 희뿌연 구름이
앞서 달린다

누군가
울고 있는가보다

―「바쁜 조문」

　이 작품의 사진은 마치 수묵화처럼 단순함이 돋보인다. 검은색의 도로와 그것에 그어진 흰색 선은 그 자체 이미 죽음의 은유로 준비되어 있다. 도로 위로 검은 숲과 잿빛 구름과 그것보다 약간 더 밝은 하늘의 모습은 마치 의도적으로 그려놓은 그림 같다. 제목에서 드러나다시피 누군가가 죽었고 그곳으로 가는 길이 바쁘다. 고속도로엔 차 한 대 없지만 "눈앞이 침침하다". 그것은 눈물 때문일 수도 있고, "희뿌연 구름" 때문일 수도 있으며, 죽음 앞에서 모든 것이 혼란스러운 심리나 영혼 때문일 수도 있다. 구름은 "물기"를 머금고 화자보다도 "앞서 달린다". 물기를 가득 머금은 채 화자를 앞질러 달리는 구름을 보고 화자는 울고 있는 "누군가"를 떠올린다. 이 시에서도 독자들은 사진 기호와 문자 기호 사이에 완벽에 가깝게 잘 통합된 감수성을 느낄 수 있을 것이다. 이 작품은 마치 깔끔한 단편 소설처럼 깨끗하게 죽음의 서사를 형상화하고 있다.

젖을 빠는 보드라운
저 입술이
가족을 일으켜 세웁니다
―「신생아」

　죽음을 다룬 앞의 작품과 대척점에 있는 이 디카시는 생명의
아름다움을 감칠맛 나게 형상화한다. 줄기에서 막 피어오른 새
싹을 시인은 "신생아"라 은유한다. 그 이름에 걸맞게도 어린 새
싹은 작고 부드러우며 윤기마저 감도는 연초록이다. 그 앙증맞
은 새싹을 시인은 "젖을 빠는 보드라운 저 입술"이라고 한 번
더 은유한다. 문자 기호로 사진 기호를 이렇게 두 겹으로 은유
한 것에 멈추지 않고 시인은 또다시 작고도 긴 서사를 만들어
낸다. "저 입술이/ 가족을 일으켜 세웁니다"라는 문장이 그것이
다. 젖을 빠는 그 어린 것 때문에 부모는 '살 이유'가 생긴다. 어
떤 어려움에도 굴하지 않고 신생아를 둔 가족이 끝내 일어설
수밖에 없는 것은 바로 젖을 빠는 그 보드라운 입술 때문이다.
막 태어난 생명이 더 오래된 생명을 살게 하고, 그 생명이 다시
다른 생명을 잉태하면서, 생성과 소멸의 역사가 계속 이어진다.
박해경 시인의 작은 서사들은 이렇게 해서 거대서사로 자연스
레 연결되기도 한다.

지금까지 살펴본 것처럼, 박해경 시인의 디카시들은 일상이 어떻게 예술이 되고, 쓰잘 데 없어 보이는 것들이 어떻게 고귀한 의미들로 이어질 수 있는지를 잘 보여준다. 그녀의 작품들은 생명과 죽음의 두 축 사이에 펼쳐진 일상을 왕복 운동하면서 사진 기호와 문자 기호를 융합하고, 그렇게 통합된 감수성의 지평들을 소서사로 발전시키며, 마침내 거대서사로 이어지기도 하는 디카시의 독특한 전략을 보여준다.